Ubuntu, Ubun...ele, Ubun...nós!

CB001916

Daniel Balaban

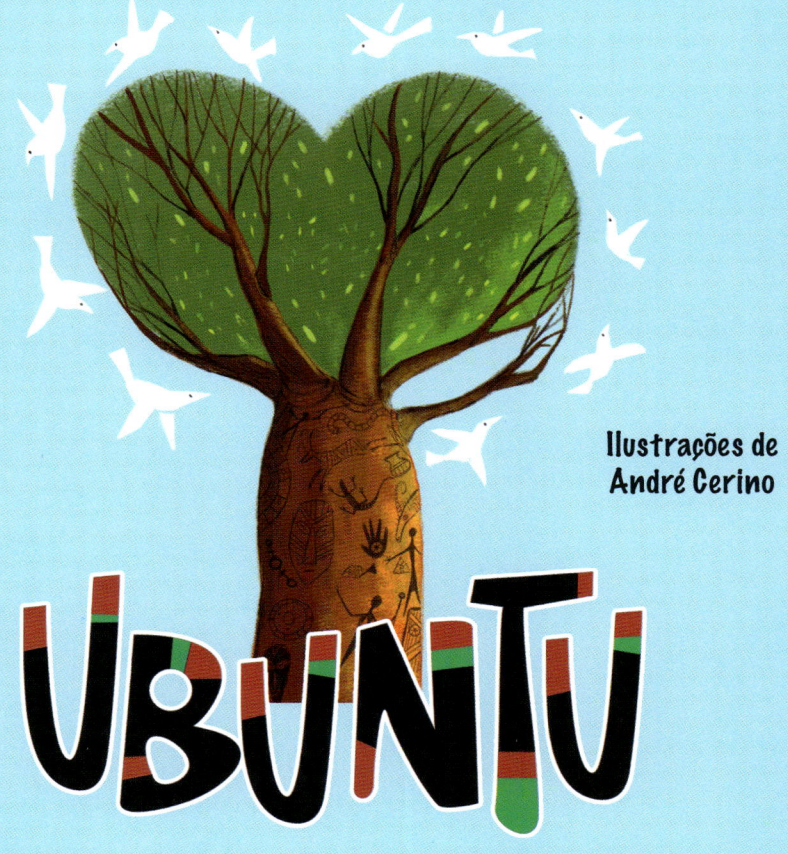

Ilustrações de
André Cerino

UBUNTU

Ubuntu, Ubun...ele, Ubun...nós!

COLLI BOOKS

Copyright © 2023 Daniel Balaban

Editorial:
Isa Colli

Administrativo:
José Alves Pinto

Preparação do texto
Luciana Paixão

Revisão:
Cecilia Fujita

Diagramação:
Yanderson Rodrigues

Edição e Publicação:
Colli Books

Dados Internacionais de Catalogação na Publicação (CIP)

B171 1.ed.	Balaban, Daniel. Ubuntu: Ubuntu, Ubun…ele, Ubun…nós! / Daniel Balaban; ilustrações de André Cerino. – Brasília: Colli Books, 2023. 55 p.; 15 x 21cm ISBN: 978-85-54059-99-6 1. Literatura brasileira. 2. Literatura infantojuvenil. 3. Filosofias africanas. 4. Empatia. 5. Sabedoria. I. Cerino, André. II. Título.

CDU 82-9
CDD 028.5

Índice para catálogo sistemático:
1. Literatura infantil 028.5
2. Literatura infantojuvenil 028.5
Bibliotecária responsável:
Kathryn Cardim Araujo CRB 1/2952

COLLI BOOKS

LED Águas Claras
QS 1 Rua 210, Lotes 34/36 | Salas T2-0804-0805-0806 | Águas Claras | Brasília – DF | CEP 71950-770
E-mail: general@collibooks.com | www.collibooks.com

Sumário

1

A Sincronicidade

Coincidências não existem!
Conectamo-nos pelas nossas energias.

A doro a vida. Adoro as pessoas. Adoro o Planeta. Vocês podem pensar: mas ele adora tudo? Eu diria que sim. Mais ou menos. Algumas coisas me deixam triste. Mas por pouco tempo. Logo trabalho para transformar essa tristeza em coisas positivas.

Aprecio a maravilha de cada amanhecer, a promessa que cada novo dia traz consigo. Observar com encanto a diversidade das pessoas ao meu redor, suas histórias únicas que se entrelaçam na teia da humanidade. E o Planeta, essa esfera azul flutuando no vasto cosmos, é um tesouro que se deve proteger e cuidar para as gerações vindouras.

No entanto, confesso que também sou suscetível às sombras que ocasionalmente obscurecem meu ânimo.

Quando testemunho injustiças e desigualdades, quando vejo a degradação do meio ambiente ou o sofrimento das pessoas, uma tristeza passageira me visita. Mas essa tristeza não é o ponto final; é o ponto de partida.

Acredito nas pessoas e na sua capacidade de pensar. Principalmente nos mais jovens, pois é nessa idade que moldamos nosso caráter e entendemos a importância de discutir temas e aprender na troca de ideias e ideais. E é exatamente aí que devo estar mais presente. Pois vejo nesses momentos a oportunidade de agir, de fazer a diferença, de ser a centelha de mudança positiva que o mundo precisa.

Como o que aconteceu hoje. A Laurinha, uma doce menina do sétimo ano estava muito triste. E bem numa hora que todos estão alegres. Na hora da merenda, na hora da comida, na hora da alimentação.

Ela é uma menina questionadora. Quer sempre saber todos os porquês de tudo. Isso é fundamental para o nosso crescimento, intelectual e espiritual. Quer ser atriz, diretora, produtora, escritora, cineasta, roteirista, ufa... O mais importante é que ela quer mudar o mundo pela arte.

Ela estava meio cabisbaixa, quando Ayo se aproximou e perguntou:

—O que houve Lalinha? Não vais comer?

Ele a chamava assim por conta de seu português falado com sotaque. Ayo veio com sua família, como refugiado, de um país africano que passa por conflitos armados. Daqui a pouco explico melhor para vocês...

— Não estou bem hoje, Ayo. O mundo é tão injusto. Nós estamos aqui, felizes, nos alimentando, e a professora Iolanda disse que hoje temos quase oitocentos milhões de pessoas no planeta passando fome, sem ter o que comer. E a maioria é de mulheres e crianças. Como posso ficar bem sabendo disso?

Ayo, cujo nome ressoa com alegria e significados profundos, encontrou em terras distantes um novo lar. Esse jovem destemido e cheio de esperança carrega consigo as marcas de um passado repleto de tumultos e adversidades. Seu país natal, seu lar ancestral, uma nação de paisagens majestosas e ricas histórias, é também um lugar onde a discórdia e o conflito assombraram por muito tempo.

Sua família, como muitas outras, partiram em busca de segurança e paz.

— É verdade, Lalinha. Eu sei bem o que é isso. Vivi a realidade da fome. Somos de uma família de classe média. Meu pai plantava cassava[1] e milho. Minha mãe era professora na escola da região. Ela é muito inteligente.

O pai de Ayo, Bomani, sempre foi uma pessoa da terra. Dessas que nasceram com couro duro, gostando de trabalhar, pés descalços, mãos calejadas. Acorda com o primeiro raio de sol e usa todo o tempo claro para cuidar da plantação. Só descansa quando o sol se põe. Gosta tanto da terra, que é parte dela.

Sua mãe, Shaira, é uma mulher obstinada. Apesar de ser de família bem humilde, sempre gostou dos estudos. Estudou como pôde e acabou por virar professora na comunidade, ajudando crianças, jovens e velhos a ler e a escrever. Além de outras coisas. Ainda sonha com um futuro melhor para seus filhos.

Sua irmã mais nova, Ashia, é muito inteligente e sonhadora. Deseja ser professora como a mãe e, se a vida permitir, fazer faculdade e poder educar muitas pessoas.

Uma família como várias outras que vivem ao redor do planeta. Humildes, trabalhadoras e que lutam para sobre-

---

1 Cassava é como a mandioca é chamada em alguns países.

viver em um mundo que não dá para chamarmos de justo. Mas há de mudar. Eu garanto!

— Mas o que houve? Por que vocês vieram para cá? E de um lugar tão distante?

— Nosso país é um país pobre. E com um grande número de pessoas vivendo mal, temos problemas na política e no governo. Tem eleições, mas quem perde diz que houve fraude e não aceita o resultado. E aí grupos começam a brigar... E dessa vez foi bem pior.

2

A Luta

Lutamos por um mundo melhor!
A cabeça não aguenta se você desistir.

Ayo, sua irmã Ashia e seus pais Bomani e Shaira são de um país africano. Não vou dizer o nome porque isso não é o mais importante. O que importa é que eles estão hoje brigando e se matando pelo poder. Para mim, o poder é espiritual. Mas não importa o que penso. Importa é o que posso fazer para ajudar esse povo. Eles estão sofrendo, mas eu estou lá o tempo todo e a maioria me tem.

Esses nomes são mais do que meras palavras; eles são portadores de histórias profundas, de culturas vibrantes e da coragem que emana de uma trajetória marcada pela resiliência. Ayo, cujo nome significa "felicidade", personifica a força interior que permite que ele, junto com sua família, siga em frente apesar das adversidades.

A terra que os viu nascer e crescer, que testemunhou seus sorrisos e lágrimas, está agora envolta em conflitos dolorosos.

— Mas o continente de vocês é lindo. Como isso aconteceu?

— O grupo que perdeu começou a incentivar seus apoiadores a pegarem em armas e lutarem contra o governo. Aí a bagunça começou. Com guerra, fecham escolas, hospitais, não tem comida, pois quem planta não tem semente, não tem água. Milícias armadas passam depredando, destruindo tudo. Só tem fome, morte e desespero.

— Viu. Agora fiquei pior... Nunca vai melhorar... Vamos ter que conviver com isso para sempre! Me dá uma sensação de impotência. Que pessoas ruins. Será que não pensam nos outros?

Laura estava num misto de indignada e resignada. Procurem num dicionário o significado dessas palavras. Tenho muito trabalho pela frente!

— Não. Meu pai me disse que meu país sempre foi da paz. Quando meus antecedentes viviam em comunidade, que chamávamos de tribos, ninguém passava fome. Tirávamos tudo da natureza, a qual sempre tratamos como uma divindade. Segundo ele, o ser humano não está no mundo contra o outro ou contra aquilo que não lhe diz respeito ou se diferencia dele, mas para se perceber como parte da Natureza. Tudo no Universo está interligado, como teia de aranha. E nós somos parte integrante do Universo e temos uma profunda relação com a Natureza.

— Nossa, que lindo isso! Não tinha pensado assim.

A Missão

Todos temos um propósito!
Nada é por acaso.

Eele continua o seu relato, revelando as mais profundas histórias, filosofias, lutas e triunfos do seu povo:

— Nossos antepassados tinham uma filosofia que seguimos até hoje. Chamamos de **Ubuntu**. **Ubuntu** é uma palavra especial. Ela significa "eu sou porque nós somos". É uma maneira de pensar sobre como devemos tratar os outros e como queremos ser tratados. Imagine que você está brincando com seus amigos no parquinho. O espírito do Ubuntu é quando você se importa com seus amigos e quer que eles se divirtam tanto quanto você. Você compartilha os brinquedos e as ideias, e todos brincam juntos, respeitando as regras do jogo. Ubuntu também nos ensina a ser gentis e ajudar as pessoas ao nosso redor. Se você vê alguém triste ou com dificuldades, o espírito do Ubuntu diz para você tentar ajudar, mostrar empatia e ser amigo. Quando vivemos com o espírito do Ubuntu, criamos um mundo melhor, onde todos se respeitam e se ajudam. Isso significa ser gentil, generoso e justo com os outros. É uma maneira de pensar que nos ajuda a sermos pessoas melhores e a tornar o mundo um lugar mais feliz.

— Então estamos precisando de Ubuntu nos dias de hoje. Guerras, conflitos, destruição de florestas, fome. Para onde vai nosso Planeta desse jeito?!?

— Sim. Meu país foi colonizado por outro país, depois veio a independência, mas perdemos muito desses valores ancestrais, e vieram a ganância, a guerra, a fome, e tivemos que abandonar nossa terra e fugir para o seu país.

—Ayo, temos que fazer algo e mudar essa situação. Essa é a nossa missão.

A Transformação

Somos metamorfose!
Quem fica parado é poste.

Que alegria!!! Ver Laurinha e Ayo discutindo problemas e tentando achar soluções para mim é motivo para comemorarmos. Só acordamos para a evolução quando nos indignamos com a injustiça. Mudamos nossa forma de enxergar o mundo. E nos modificando damos o primeiro passo para evoluirmos como pessoas e mudarmos o contexto ao nosso redor.

Essa cena transborda com a energia da transformação, um testemunho marcante de como os corações comprometidos podem inspirar a mudança. Ao vê-los engajados em profundas discussões sobre os problemas que assolam o mundo, surge uma sensação de esperança de dias mais justos, de evolução. Uma evolução promovida pelo diálogo, seguida de ações práticas.

Embora as palavras possam parecer complexas, elas são, na verdade, um convite para uma conversa profunda, uma exploração conjunta dos valores e princípios que nos guiam. É uma chamada para questionar, para se desafiar, para crescer. Porque é nas conversas sinceras e reflexivas que a semente da mudança encontra solo fértil para florescer.

Portanto, quando olho para Laurinha e Ayo, vejo mais do que apenas duas pessoas discutindo. Somos agentes de mudança, pioneiros de uma nova narrativa, catalisadores da evolução. E é essa transformação coletiva que nos dá esperança, nos faz acreditar que, mesmo diante dos desafios mais complexos, temos o poder de moldar um futuro mais luminoso para todos. Ih, acho que falei bonito agora... Mas essa é a base para uma boa conversa. O que vocês acham?

— Lalinha, tenho um sonho de poder voltar um dia ao meu país e ver meu povo sorrindo, saudável, vivendo em paz. Por isso quero estudar muito e virar médico para ajudar as pessoas a terem uma vida sem doenças. Você sabia que a falta de comida, a desnutrição, é uma das causas de muitas doenças no mundo?

— Ayo, é por isso que é importante ajudar aqueles que estão com fome, para que todos tenham a chance de se sentir bem e saudáveis. E tenho certeza que o problema da fome tem solução! Me fala mais desse Ubuntu.

— Meu pai sempre me ensinou: compartilhar, cuidar dos outros, respeitar as diferenças, trabalhar em equipe e buscar a reconciliação. Esses valores nos ajudam a criar relacionamentos saudáveis e a construir uma sociedade mais justa e solidária.

— Não entendi. Explica mais!

— Imagine que você tem um lanche delicioso e seus amigos estão com fome. O espírito do Ubuntu diz que é importante compartilhar o lanche com eles, para que todos possam aproveitar e ninguém fique triste por não ter algo para comer. Suponha, também, que você veja alguém que está com dificuldades para carregar uma mochila pesada. O Ubuntu nos ensina a sermos prestativos e oferecer ajuda, mesmo que não seja nosso amigo íntimo. Isso mostra que nos importamos com o bem-estar dos outros. Se você tem um colega de classe que fala uma língua diferente, tem alguma deficiência física, seja atípico ou com uma cultura diferente da sua, como eu, o espírito do Ubuntu nos lembra de sermos respeitosos e abertos para aprender com essas diferenças. Podemos nos tornar amigos e compartilhar nossas histórias e experiências, como estamos fazendo agora. Quando você está brincando com um grupo de amigos, o Ubuntu nos ensina a trabalhar juntos e ouvir as ideias de todos. Isso significa que todos têm a chance de participar e contribuir, criando um ambiente onde todos se sentem valorizados. E se alguém faz algo que te magoa, o Ubuntu nos encoraja a perdoar e buscar a reconciliação. Isso não significa que devemos esquecer o que aconteceu, mas sim tentar resolver os problemas e seguir em frente em harmonia.

A Mitologia

A visão de mundo de um povo!
Filosofia pra pensar e agir.

Sempre que duas ou mais pessoas estão conversando sobre coisas que podem melhorar o mundo, lá eu estou. Pensamentos bons geram boas energias. E essas se conectam a quem está nessa sintonia. Parece complicado, mas é bem simples. Se você quer ouvir algum estilo de música, sintoniza num canal que toca essa música. Se quer ver um filme de terror, procura por filmes desse estilo. Assim também é nossa vida, o que pensamos e queremos acabamos por encontrar nos outros que também estão nessa sintonia. E nos conectamos. E seguimos em frente... Sincronicidade! Mas depois falamos mais sobre isso. Voltemos à nossa história. Ashia, irmã de Ayo, viu que ele e Laura estavam conversando sobre Ubuntu e se juntou a eles.

— Oi, Laura. Ouvindo Ayo falar sobre nossa história, eu também me lembrei da filosofia da "Sankofa", que vem do povo Akan, e que significa "voltar e buscar". A Sankofa ensina a importância de olhar para o passado, aprender com os erros e as experiências dos ancestrais, para poder avançar de maneira mais consciente e sábia no presente. Nosso avô nos ensinou a nos conectarmos com nossas raízes ancestrais. Ele disse que quando nos reconectamos com nossa herança cultural, entendemos melhor quem somos e podemos enfrentar os desafios da vida com mais confiança e sabedoria.

— Nossa, que aula estou tendo hoje! Quantas belas filosofias o povo africano deve ter! E nada disso nos é ensinado nas escolas. Por que será que não aprendemos nada sobre a história africana?!?

Agora a conversa está ficando melhor. O passado existe para nos ensinar a respeito de nossos erros e acertos. Principalmente para não repetirmos os erros. Mas para quem não estuda história, nada adianta. Continuam repetindo os erros do passado e, como dizia o poeta, criam "um museu de grandes novidades". Por isso, patinamos na nossa evolução. Sabemos que não podemos voltar ao passado e modificá-lo. Mas, se aprendermos com os nossos erros, podemos começar agora a criar um novo futuro! E nós vamos evoluir, não se preocupem! Ayo analisou bem o problema.

— Infelizmente, Lalinha, a história ainda é contada pelo ponto de vista dos que têm mais poder financeiro. Toda essa nossa filosofia e cultura foi escondida pela exploração e escravização de nossos antepassados, com a invasão por outros povos, transformando-nos em colônias desses países. A partir dali, suas culturas, línguas e costumes foram impostos a nossa gente, e a sabedoria dos nossos antepassados foram sendo esquecidas. É por isso que toda essa sabedoria não é ensinada. Mas sempre podemos mudar isso.

— Ayo, Ashia, vocês têm muito o que nos ensinar. Me contem mais sobre a vida de vocês e seus antecedentes. O que vocês lembram de lá?

— Ashia, você se lembra daquele dia que resolvemos caminhar pela floresta sozinhos? Tínhamos mais ou menos 7 e 5 anos.

— Lembro sim. Eu era pequena, mas jamais vou esquecer aquele dia.

— Nós decidimos entrar na floresta próxima à aldeia em busca de brincadeiras. Ao entrarmos na parte mais densa da floresta, nós encontramos uma árvore gigantesca com raízes entrelaçadas no chão. Era uma árvore sagrada, conhecida como "Árvore da Sabedoria". Curiosos, nós nos aproximamos da árvore e, de repente, ouvimos um sussurro suave que parecia vir das folhas. Mas era de um ancião alto e forte. Ficamos petrificados. Totalmente assustados. Mas logo ele nos acalmou. Disse-nos que aquela árvore era a "Árvore da Sabedoria", e que ela falava com ele em uma língua ancestral. Ele disse que a árvore conversava com ele nessa língua e ele aprendeu muito com ela.

— Nossa, que viagem! Ele fala com árvores?!?

Laurinha é meio cética. Mas tudo é energia. Árvores são seres vivos. As plantas são seres vivos. Elas germinam, crescem, se reproduzem e morrem, elas precisam da terra, do ar, da água, da luz do Sol. Vocês conhecem outro Ser vivo que também é assim? Sim. Os seres humanos.

Quando falamos coisas boas, colocamos uma boa música, emanamos bons sentimentos, tudo se transforma ao nosso redor. A comunicação não é somente falada, mas também sentida. Então dá sim, e podemos conversar com árvores, plantas, animais, sim. Podemos, não. Devemos!

Ayo continuou contando:

— Sim, disse que ela era a guardiã da sabedoria ancestral africana. Ele nos disse que, como nós temos um coração puro e curioso, iria compartilhar alguns ensinamentos valiosos sobre nossa cultura e filosofia.

— Meu Deus! Estou curiosa! Quais são esses ensinamentos?

— Nós sentamos ao pé da árvore, e ele começou a contar histórias sobre os antigos reinos africanos, onde a harmonia entre os seres humanos e a natureza era fundamental. Ele explicou como os africanos acreditavam que todos os seres vivos eram interligados, e que respeitar a terra e os animais era uma parte essencial de suas vidas. Ele também explicou a importância da comunidade e da solidariedade entre as pessoas. E que, na cultura africana, todos são responsáveis pelo bem-estar do outro e que juntos podemos superar qualquer desafio.

— Lembro também quando ele falou sobre os Massai, que são uma antiga tribo africana. Segundo os Massai, no início dos tempos, Enkai era o deus supremo e criador de todas as coisas. Enkai habitava o céu e a terra e decidiu criar os seres humanos. Ele moldou a primeira pessoa com barro e deu vida a ela. Essa pessoa foi chamada de Tumbainot, o ancestral primordial. Tumbainot foi colocado em um ambiente deslumbrante chamado Ol Doinyo Lengai, que significa "Montanha de Deus". Lá, Tumbainot viveu em harmonia, cercado por animais selvagens pacíficos e natureza exuberante. Enkai deu a Tumbainot uma esposa, chamada Kileken, e eles viveram juntos nesse paraíso. No entanto, um dia, Tumbainot e Kileken desobedeceram as regras divinas e caçaram um pássaro sagrado, o que enfureceu Enkai. Como punição, Enkai expulsou Tumbainot e Kileken do Ol Doinyo Lengai e os enviou para a Terra. Ele também adicionou uma nova regra à vida humana: a morte. A partir desse momento, todos os seres humanos seriam mortais e, eventualmente, teriam que enfrentar o fim de suas vidas. Tumbainot e Kileken tornaram-se os primeiros membros da tribo Massai e tiveram filhos que se multiplicaram e formaram o povo Massai. De acordo com a crença Massai, quando alguém morre, sua alma deixa o corpo e segue para um lugar chamado Engai, que é a morada de Enkai. Lá, as almas vivem em paz e harmonia com o deus supremo.

— Gente... Mudando os personagens é igual à história de Adão e Eva que eu aprendi. Como é incrível que em todos os cantos do planeta e em muitas religiões diferentes as histórias são as mesmas, só mudando nomes e locais. A essência é a mesma!

Enquanto ouvia atentamente, Laura sacou tudo. O mundo é um só. Os ensinamentos só são adaptados aos ouvidos de quem os recebe. O caminho é um só. Eu!

Os ensinamentos da Árvore da Sabedoria conectam-se com as filosofias Ubuntu e Sankofa. Vocês viram como a cultura africana é rica em valores como respeito, gratidão, coragem e amor? Fiquei absorvido pelo brilho no olhar da Laurinha enquanto ouvia a história dos irmãos Ayo e Ashia. E o entusiasmo deles em poder compartilhar aquela linda experiência. Nesses momentos me encho de energia! Ayo e Ashia continuaram com as histórias contadas ao ancião pela Árvore da Sabedoria.

— E eu adorei aquela história, Ayo, que ele contou sobre o povo Ewe. Ele disse que, segundo eles, a origem da bondade e da maldade está ligada a dois seres divinos, chamados Asase Yaa e Nyame. Asase Yaa é considerada a deusa da terra e da fertilidade. Ela é representada como a mãe de todos e a protetora dos recursos naturais. Asase Yaa é associada à bondade, ao cuidado e à generosidade. Ela fornece sustento e prosperidade para o povo Ewe e é vista como uma figura materna benevolente. Por outro lado, Nyame é o deus supremo, associado ao céu e ao poder divino. Ele é o pai de todos e o governante do universo. Nyame é conhecido por ser mais distante e imparcial em relação aos assuntos humanos. Ele é visto como o detentor do destino e do equilíbrio cósmico. Segundo a mitologia Ewe, a origem da maldade está relacionada ao desejo humano de possuir poder e controle excessivos. Os Ewe acreditam que a maldade surge quando os seres humanos se afastam dos ensinamentos de Asase Yaa e se tornam gananciosos, egoístas e desrespeitosos com os outros e com a natureza.

— Isso, Ashia. E ele nos contou que, no entanto, a bondade também está presente na natureza humana, e os Ewe acreditam que ela é manifestada quando as pessoas seguem os princípios de Asase Yaa, demonstrando cuidado, respeito e generosidade para com os outros e o mundo ao seu redor. Assim, de acordo com a mitologia Ewe, a origem da bondade está enraizada na conexão com Asase Yaa e no respeito pela harmonia natural, enquanto a maldade surge da ganância e da negligência desses princípios.

Perfeito! A mitologia existe como uma forma de expressão e compreensão das questões fundamentais da vida, como a origem do mundo, o propósito da existência humana, a natureza dos deuses e a moralidade. Ela ajuda as pessoas a dar sentido ao mundo, a compreender a si mesmas e sua história, além de transmitir valores e ensinamentos importantes de geração em geração. A mitologia é o embrião da filosofia! E vocês notaram que ela é a base da filosofia Ubuntu? Vida longa aos ensinamentos através da mitologia!

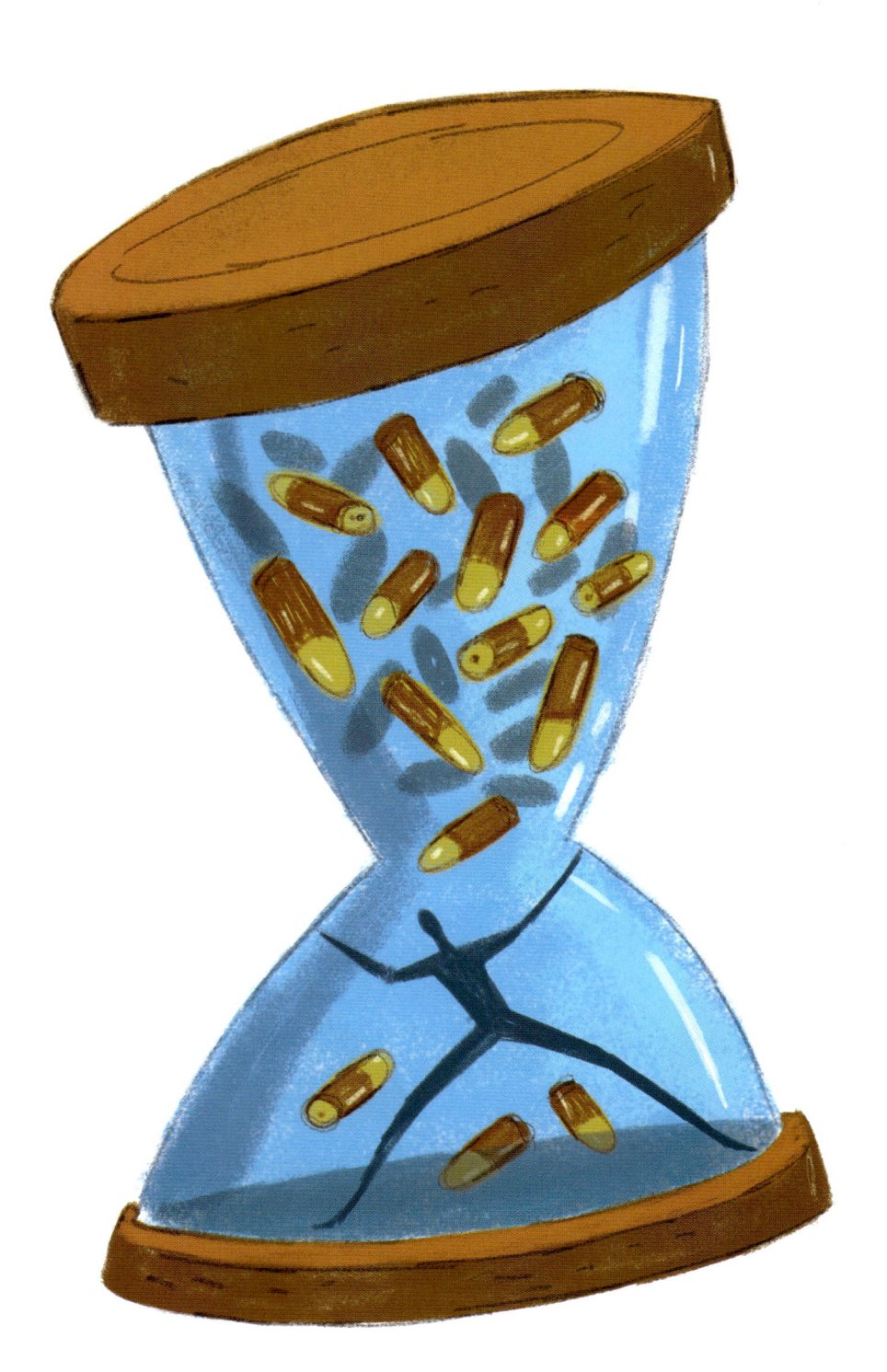

A Insanidade

Vamos cocriar!
Desconstruir todo o mal.

— Aqui na cidade não temos a oportunidade de encontrar essas pessoas sábias e aprender com elas, como vocês tiveram. Aqui nós vivemos com medo e receio de que alguém nos faça algum mal. Eu quero que todos saibam mais sobre a cultura e a filosofia dos povos africanos. O que precisamos fazer para que esses conceitos sejam adotados? O que precisamos mudar no mundo para que acabem as guerras e a fome? O que precisamos fazer para que possamos viver em paz e com fraternidade?

O que me deixa triste nessa fala da Laurinha é que, nas grandes cidades do mundo, principalmente entre as famílias com mais recursos, as pessoas nascem e, assim que começam a falar e andar, os pais inventam milhões de atividades.

Crianças têm que ter tempo para brincar, sonhar, ousar, imaginar. Mas os pais começam a moldá-las aos seus próprios sonhos. Sonhos são particulares e não podem ser passados por procuração! Um dia, todos entenderão!

— Pois é, Ayo. Concordo com a Laura. Temos que pensar em soluções. No nosso país faltou alimentos, mas as milícias estão cheias de armas e bombas. E isso custa caro. Como pode?

— É triste, Ashia. Nossa professora esses dias falou que a indústria de armas é uma das mais poderosas do mundo. E que os países no mundo atualmente gastam mais de dois trilhões de dólares por ano em recursos militares. Nem sei imaginar quanto é isso.

— Ayo e Ashia, que loucura! Eu sou boa de matemática. O professor explicou na aula a diferença na dimensão de milhões, bilhões, trilhões. No nosso dia a dia, o que isso representa. Pra vocês terem uma ideia, ele disse que um milhão de segundos são quase 12 dias, um bilhão de segundos são quase 32 anos, e um trilhão de segundos são quase 32 mil anos! E olhem esse exemplo: um milhão de minutos atrás foi quase dois anos. Um bilhão de minutos atrás foi pouco depois do nascimento de Cristo! Um milhão de horas atrás foi o ano de 1885. Um bilhão de horas atrás, os seres humanos ainda não existiam.

— Agora imagina gastar mais de dois trilhões de dólares por ano em armas. Por isso elas estão em todos os lugares. E tem gente que ainda incentiva mais armas... O que precisamos é fazer com que o mundo, os governos, usem o dinheiro para saúde, educação, moradia. Mas parece que a prioridade deles é outra.

— Concordo, Ayo. Esses assuntos precisam ser mais discutidos entre as pessoas. Ninguém fala sobre isso. Para tentarmos uma solução para um problema, primeiro temos que admitir que o problema existe. E ele tá claro. Nosso mundo tá indo na direção errada! E nossa geração pode e deve tentar colocá-lo na rota certa de novo.

Isso! É por aí! Vocês estão no caminho certo. Eles perceberam que, juntos, o Ubuntu, a Sankofa e o espírito de fraternidade podem ajudar a transformar não apenas suas vidas, mas também o mundo ao seu redor. Cara, tudo isso é muito bom e horrível também. Bom porque faz todos refletirem e pensarem em como fazer para que tudo melhore. E horrível por causa do contínuo sofrimento de milhões de pessoas enfrentando guerras e fomes. Mas a parte boa sempre vence... e Laurinha complementou:

— Imaginem um mundo em que todos vivêssemos sob os ensinamentos do Ubuntu. Estaríamos mais preocupados em apoiar uns aos outros, não haveria guerras, nem fome. Como teríamos uma sociedade mais justa e fraterna, não seriam necessárias tantas armas, nem tantas prisões. Poderíamos usar o dinheiro economizado com isso em políticas públicas de apoio ao povo. Mas ainda estamos bem distantes dessa realidade...

7

A Felicidade

Eu sou o que falta em você!
Somos todos um.

Se hoje perguntarmos a qualquer pessoa: "O que você quer dessa vida?" A principal resposta será "quero ser feliz". Todos buscam a felicidade. Mas, infelizmente, não têm a mínima ideia de onde encontrá-la. Pensam que ela está numa roupa nova, num carro caro, numa viagem, num colar de diamantes. Coitados... Tá frio, frio... A real felicidade está exatamente em fazer coisas boas e ver, no brilho do olhar das pessoas, que elas estão melhor graças ao seu ato. Que simples, né? Essa energia nos envolve e nos dá uma sensação inigualável. As pessoas que viveram e se diziam felizes foram as que mais fizeram coisas boas pela humanidade. Tentem fazer! Não vão nunca mais parar! Fazer o bem é viciante...

— Ayo, você mudou meu dia. Esse é o mundo que sempre imaginei. Vejo agora que existe solução. E depende de nós trabalharmos juntos por um planeta mais justo e sem ninguém passando fome. Se depender de mim, vou fazer o possível e o impossível para viver essa nova realidade! Precisamos conscientizar a todos!

— Com certeza, Lalinha! Devemos valorizar e respeitar as diferenças. E se presenciarmos algum tipo de injustiça, devemos falar sobre isso e tentar encontrar soluções. Juntos, podemos fazer a diferença. Se cada um de nós fizer pequenas ações positivas, elas se somarão e teremos um mundo melhor para todos.

— Concordo plenamente! Vamos começar fazendo nossa parte e inspirando outras pessoas a agirem também. Juntos, podemos construir um mundo mais justo e acolhedor.

— Sim, Ashia! Vamos ser agentes de mudança e fazer a diferença, não importa o quão pequena seja a nossa contribuição.

Meus Deus! Ou Jeová, Allah, Jah... Não importa o nome que damos. Queria ouvir esse diálogo em todos os cantos do planeta! Laura, Ayo e Ashia pensando várias maneiras de tornar o mundo um lugar melhor e mais justo. Eles entenderam a importância da gentileza, de ajudar os outros, cuidar do meio ambiente, respeitar a diversidade e falar sobre questões de injustiça. Ao agir individualmente e inspirar os outros, cada pessoa pode contribuir para criar um mundo mais positivo e inclusivo. Que lição! Revivi!!!

— E lembre-se sempre do espírito do Ubuntu: "Eu sou porque nós somos". Seja gentil, compartilhe, cuide das pessoas ao seu redor e faça a diferença onde quer que você vá. E que tal agora nos juntarmos aos outros e comermos nossa merenda? Sem alimentos não teremos a energia para transformar o mundo.

— Sim. Eu sou o que falta no outro para termos um mundo melhor. Ubuntu!

O Sonho

Sonhar é preciso!
Viver o sonho é necessário.

Adoro tudo isso!!! Que alegria viver! Só a vida nos proporciona esse aprendizado. Sou muito otimista! Acredito que, em um futuro próximo, a maioria das pessoas vai entender que cooperar traz melhores resultados do que competir. Quando tentamos evoluir e melhorar, e ajudamos ao próximo, todas as energias do universo conspiram ao nosso favor. Que lindo! Como dizia Gandhi, seja o espelho das mudanças que queres para o mundo! Se quero que o mundo mude, eu começo mudando a mim. Quando a gente muda, o mundo muda com a gente.

Tá, mas acabou por aqui? Lógico que não. Não adianta apenas conversa sem ação. Se pensamos em algo que queremos, não adianta ficarmos apenas sonhando, temos que arregaçar as mangas e colocar um plano em ação, trabalhando em direção daquilo que sonhamos. Lembremos sempre: um sonho sonhado por um é apenas um sonho. Quando sonhado por vários, começa a se tornar realidade!

E o que pode acontecer no futuro depois dessa conversa toda? Calma, vou tentar desenhar pra vocês.

Laura, Ayo e Ashia perceberam como essas filosofias africanas se entrelaçavam e se complementavam. No futuro, eles vão criar um projeto na escola para compartilhar esses ensinamentos com os colegas e promover a conscientização sobre a fome e a importância de ajudar aqueles que estão em situação de vulnerabilidade. Eles vão organizar palestras, exposições e atividades para envolver toda a comunidade escolar.

Além disso, Laura e Ayo vão escrever uma carta aos líderes políticos do país, pedindo por medidas que possam ajudar a combater a fome e promover a justiça social. Eles irão usar sua voz para sensibilizar as pessoas e inspirar ações positivas.

Com o passar do tempo, o projeto de Laura, Ayo e Ashia começará a ganhar reconhecimento e apoio. Outras escolas e comunidades vão se inspirar em suas iniciativas e também começarão a trabalhar em prol de um mundo mais justo e solidário.

Sem ação não há solução! De nada adianta termos ideias brilhantes e ficarmos com receio de colocá-las em ação. Que bom que Laura, Ayo e Ashia são destemidos! Como dizia Nelson Mandela, grande líder sul-africano, a coragem não é a ausência do medo, mas o triunfo sobre ele. O homem corajoso não é aquele que não sente medo, mas o que o enfrenta e segue em frente.

Gradualmente, a consciência sobre a importância de respeitar a natureza, valorizar as diferenças e cuidar uns dos outros irá se espalhando. A mensagem do Ubuntu, da Sankofa e da fraternidade tocará os corações das pessoas, não apenas aqui, mas em todo o mundo.

Laura, Ayo e Ashia perceberam que, mesmo sendo jovens, podem fazer a diferença. Eles entenderam que, por meio da união, da empatia e de ações positivas, podem contribuir para um mundo melhor.

E assim, com amor, filosofia e cultura africana guiando seus passos, Laura, Ayo e Ashia continuarão a espalhar a mensagem de compaixão, justiça social e respeito pela natureza, inspirando outros a se juntarem a eles na construção de um futuro mais brilhante para todos.

Essas palavras transbordam com a exuberância da vida, a celebração do presente e a antecipação de um futuro em que os laços da cooperação superarão as fronteiras da competição. A alegria de viver é uma bênção que se revela em cada momento, uma dádiva que nos oferece a oportunidade de aprender, crescer e transformar.

E no cerne desse otimismo reside a crença no poder transformador da colaboração. À medida que a humanidade avança em direção a um futuro mais interconectado, a compreensão de que juntos somos mais fortes, que nossas sinergias podem superar nossas diferenças, começa a florescer. A evolução pessoal e coletiva está enraizada na capacidade de estender uma mão amiga e trabalhar em conjunto para o bem maior.

Quando nos empenhamos em melhorar não apenas a nós mesmos, mas também a vida dos outros, criamos um ciclo virtuoso. Cada ato de ansiedade, cada gesto de compaixão reverbera através das fibras do universo, atraindo energias positivas que conspiram para nosso sucesso compartilhado. É como se o próprio cosmo estivesse se orientando em direção à nossa jornada.

E na essência de todas essas qualidades, todas essas virtudes que alinhamos, está um núcleo maior. É a cola que une nossas ações, a centelha que ilumina nosso caminho, a força que transforma vidas e molda o mundo. Desde a empatia até a união, desde a paz até a felicidade – é uma expressão de mim, que flui através de nós e nos conecta a tudo o que é.

Ah! Vocês se perguntam: Mas, afinal, quem é você? A resposta é clara e profunda.

Eu sou a essência da vida. Eu sou a personificação de valores que transcendem fronteiras e unem corações. Eu sou a liga para a felicidade. Eu sou o fio dourado que une toda a existência e harmoniza o universo. Eu sou o único caminho. Eu sou o fruto do espírito. Eu sou a paz. Eu sou a união. Eu sou a empatia. Eu sou fraterno. Eu sou amigo. Eu sou romântico. Eu sou incondicional.

Mas podem me chamar de Amor.

Base da Filosofia Ubuntu e história contada de boca em boca

Um antropólogo visitou um povoado africano. Ele quis conhecer a sua cultura e averiguar quais eram os seus valores fundamentais. Para isso, criou uma brincadeira para as crianças. Ele colocou um cesto de frutas perto de uma árvore disse o seguinte às crianças:

— A primeira que chegar à árvore ficará com o cesto de frutas!

Mas, quando o homem deu o sinal para que começasse a corrida em direção ao cesto, aconteceu algo inusitado: as crianças deram as mãos umas às outras e começaram a correr juntas. Ao chegarem ao mesmo tempo todas desfrutaram do prêmio. Elas se sentaram e repartiram as frutas.

O antropólogo lhes perguntou por que tinham feito isso, quando somente uma poderia ter ficado com todo o cesto. Uma das crianças respondeu:

— "Ubuntu". Como um de nós poderia ficar feliz se o resto estivesse triste?

O homem ficou impressionado pela resposta sensata desse pequeno. **Ubuntu** é uma antiga palavra africana que na cultura Zulu e Xhosa significa "Sou quem sou porque somos todos nós".

É uma filosofia que consiste em acreditar que cooperando se consegue a harmonia, já que se consegue a felicidade de todos.

Ubuntu pra você!

Ayo é um nome de origem nigeriana, cujo significado é "felicidade", usado para bebês do sexo masculino.

Ashia, derivado da mitologia somali, é um nome feminino que significa "esperança".

Bomani, nome masculino de origem na tribo Ngoni, povo que habita o sudeste africano. Bomani significa "guerreiro" ou "soldado forte".

Shaira, nome de origem africana, significa "poetiza".

Laura é um nome de origem romana. Significa vitoriosa, triunfadora. Simboliza a vitória, a imortalidade e a glória. É também o nome da minha filha, a quem dedico este livro.

A "árvore da sabedoria" também é uma metáfora amplamente utilizada na filosofia e na literatura para expressar a busca pela sabedoria e pelo autoaperfeiçoamento. É uma imagem poderosa que destaca a importância de cultivar o conhecimento, a experiência e a reflexão ao longo da vida, a fim de alcançar uma compreensão mais profunda do mundo e de si mesmo. Representa a ideia de que o conhecimento e a sabedoria são conquistas valiosas e contínuas, que requerem esforço, dedicação e crescimento constante. É um símbolo que nos lembra da importância de buscar o aprendizado em todas as fases da vida, para que possamos nos desenvolver e evoluir como seres humanos.

A imagem da árvore da sabedoria remete à ideia de que, assim como uma árvore tem raízes profundas, tronco sólido e ramos expansivos, a sabedoria requer uma base sólida de conhecimento, experiência e reflexão. Ela sugere que o conhecimento adquirido ao longo da vida é como as raízes da árvore, que sustentam o crescimento e permitem que a árvore floresça. Os ramos e as folhas da árvore representam o desenvolvimento intelectual contínuo, a expansão do conhecimento e a capacidade de aplicar esse conhecimento em diferentes áreas da vida.

O autor

Olá. Eu sou Daniel Balaban, um indivíduo apaixonado por promover mudanças significativas em prol de um mundo melhor e mais justo. Considero-me um cidadão do mundo, nascido no sul do Brasil. Cresci observando as desigualdades sociais e econômicas que afetam meu país e o planeta. Desde jovem, pensava em como fazer para tentar diminuir as dificuldades enfrentadas pelos menos favorecidos. Sempre acreditei que todos estamos aqui com uma missão específica, mas confesso que até hoje procuro a minha.

Estudei Economia, Finanças, Relações Internacionais e muitas outras áreas. Encontrei muita gente boa e interessante e outras nem tanto. Conheci várias religiões e optei por nenhuma. Trabalhei na iniciativa privada e na pública. Aprendi a confiar, desconfiando.

Sou um otimista inveterado. Acredito na evolução da espécie. Pode demorar, alguns mais, outros menos, mas todos evoluímos, intelectual e espiritualmente. Nesse ponto, tento dar o melhor exemplo e ser o mais rápido possível. Afinal, esse é o destino de todos.

Atualmente, trabalho em um organismo da ONU – Organização das Nações Unidas, chamado Programa Mundial de Alimentos, que, como o nome diz, leva comida e um pouco de esperança a povos que sofrem as consequências da ganância e ignorância humanas.

Meu sonho é ainda ver em vida a transformação de nossa sociedade, acordando para a solidariedade e a cooperação, e agindo com menos ódio e mais amor.

O ilustrador

Olá. Sou André Cerino, pernambucano de Recife, e moro há muitos anos em Brasília-DF. Sou artista plástico, ilustrador, caricaturista, chargista, escultor, artista gráfico e compositor. Tenho criado ilustrações para livros infantis de muitos autores e editoras. Como artista, já ganhei prêmios nacionais e internacionais. Tenho uma galeria de arte em Brasília, onde exponho meus trabalhos. Fui o artista visual homenageado na 35ª Feira Literária de Brasília. Me identifico com obras como esta, que propõe um mundo melhor para todos. Pensando em levar alegria para as crianças, criei o projeto de músicas infantis Turma do Caracol. No canal do Youtube @turmadocaracol, você pode conferir clipes musicais animados que abordam temas relacionados à natureza. Ubuntu pra você!